PÍLULAS PARA RESPIRAR

PÍLULAS PARA RESPIRAR

Rosana Miziara

2018

In Media Res

Capa: Hannah23 + Well Souza
Foto da capa: Annie Spratt/Unsplash
Projeto gráfico e ilustrações: Hannah23
Edição: Ana Beatriz Manier
Revisão: Lohan Lage Pignone

Dados Internacionais de Catalogação na Publicação (CIP)

M618p
Miziara, Rosana
Pílulas para respirar / Rosana Miziara – 1ª edição –
Nova Friburgo - RJ
In Media Res 2018
100 p.
ISBN: 978-85-94016-05-8
1.Poesia 2.auto-ajuda 3.Citações I. título
CDD: B869.91
CDU 82-1

Educatoris Instituto de Educação Multidisciplinar Ltda
Rua Abdo Abi-Ramia, 81
28630-090 - Nova Friburgo – RJ
www.inmediares.com.br

“Quero uma realidade inventada”. (Clarice Lispector)

Para Chico e Tati, amor incondicional.

APRESENTAÇÃO

Pílulas para Respirar é uma coletânea de textos de Rosana Miziara, escritos entre 2010 e 2017 para o Facebook.

O livro reúne pensamentos do dia a dia da autora, expressos em linhas breves que falam de angústias, felicidades, dúvidas e prazeres próprios das pessoas comuns. Micro-histórias sobre um cotidiano que sempre encontra um ar para respirar na escrita e no compartilhamento com os leitores. Talvez aí resida a grande identificação entre Rosana e seus seguidores.

A reunião desses fragmentos dá-se em temas variados: os cafés de sábado, o mar, as orações, o ser mulher, a importância do inspirar e expirar.

Os cafés de sábado, tão marcantes, mostram a atmosfera desse dia, aparentemente de descanso, e os afazeres que são reservados a ele. Incluem o entorno, o cachorro, os vizinhos, a família e o tão presente hábito de tomar café. As menções ao mar remetem a lembranças da cidade de Santos, da infância na praia, e traduzem a busca constante dessas sensações prazerosas, marcadas no passado da autora. As orações vão desde um agradecimento, uma respiração, um pensamento positivo, até o aprendizado da Ave Maria. O ser mulher exprime pensamentos e sentimentos que a autora percebe como expressão da alma feminina, presente em qualquer pessoa de qualquer gênero. A importância do inspirar e expirar apresenta-se como um exercício constante de respiração e como antídoto para a mesmice e para as vicissitudes do cotidiano.

Pílulas para respirar são, pois, como versículos solidários e companheiros. Oferecem palavras pausadas, tranquilas. Agem como quebras no cotidiano, como momentos de reflexão e insights. Exprimem confissões e geram identificação, reconhecimento. A deliciosa sensação acolhedora de saber que não se está sozinho.

E por serem tão belos os seus textos e por terem sido tantos os pedidos enviados por seguidores para que seus pensamentos virassem livro, aqui estão eles para você: em forma de pílulas leves para consumo diário, sem restrição de uso ou contraindicação. Ideais para aqueles que reconhecem a importância do bem viver e do respirar.

InMediaRes Editora

CAFÉ DE SÁBADO

.15.

Levantei conversando com ontem. A memória das comidas, das bebidas e dos assuntos se mistura com a entrada do sábado. Minha cabeça está meio fora e meio dentro. Me espreguiço para abrir o corpo. No entre, me decido pelo sol e pelo café.

.16.

Abro o sábado como quem abre a bolsa. Vasculho minha feminilidade. Os fazeres são quase caprichos. Diluo os desejos em dois litros de água. Passo os olhos pelo jornal. Termino minha xícara de café. Me visto, começando pelo perfume.

.17.

Acordei procurando coisas no pensamento. A casa
apresenta leves desarrumações de sábado. As que
voltaram ainda acomodam meus sonhos. O som do vizinho
bate na minha porta. Abro para ele entrar e aproveito para
sair. Esse breve encontro desperta meu corpo. Penso em
meus sonhos e começo por dar cabo
do primeiro: uma xícara de café.

.18.

Um sonho inconclusivo me amanhece. Tivera mais cinco minutinhos. Mas, e se chegasse ao fim e ele não fosse bom? Tantas coisas boas fora do sonho. A vizinha já acorda reclamando. Será falta de sonhar? Largo o pensamento e voo atrás da xícara de café. À toa entro no ritmo do dia.

.19.

Acordei e nem vi a hora. Perdi o compromisso e o rebolado. Noto a leve desarrumação da casa como se não fosse comigo. Cabulo as culpas. Passo óleo de amêndoas no corpo, sem enxágue, para o dia deslizar. O relógio mostra o limite do mundo e a janela, o além. Nem me detenho em vãs filosofias. Passo o café, e o sábado entra nos eixos.

.20.

Acordo com o cheiro do sábado e seus sons incipientes. Esse é um dia múltiplo. Promissor sem promessas. Visto a casa inspirada nesse clima. Me dispo de qualquer predisposição. A dona Ivone do bar da frente de casa põe as cadeiras e as mesas na calçada para as pessoas se servirem da manhã. Aproveito e me sirvo de café.

.21.

Acordei com gosto do pedaço de bolo que não comi na festa de ontem. Minha cabeça parece um balão de gás prestes a se libertar do teto. Olho ao redor, e todos estão aboletados em suas camas. O cachorro parece um caracol. Um fio de água foge para a rua, mostrando um vazamento na casa. Saio para ver onde vai desaguar. Aproveito para enganar o gosto e voo até a padaria. Lá, encontro vários sábados sentados às mesas.

.22.

O dia acordou bom e na hora certa. O compromisso será cumprido e sem sacrifício. Pontual. O ponto é o Centro da cidade. Os caminhos do sábado estão fresquinhos e prontos para serem saboreados. O pão na chapa da padaria, o suco de laranja, o café expresso, o jornal e o sol. Encontros rápidos e ao acaso são possíveis nessas horas. E outras pessoas, amanhecidas em pontos equidistantes, descompromissadas, saboreiam os entornos.

.23.

O sábado tomou conta da casa. Entrou junto com a brisa, a claridade e a moça que faz limpeza. Sinto-o até nos ossos. O cheiro das plantas molhadas, os vidros desembaçados juntam-se às roupas de molho. Sim, as peças brancas são quaradas. Não, isso não é costume da moça. É obra da máquina de lavar da memória. O cachorro toma tenência e se aquieta. Eu coloco as flores brancas no vaso. E o vaso no epicentro da casa.

.24.

Nem estava na hora, acordei. O outro chegou tarde, ainda amanhecido. Ninguém mais se explica. Os sons da rua estão longínquos, assim como eu. Sinto uma gota de alegria na minha saliva. Passo o café. Entro para o sábado.

.25.

A casa da frente está pintada de vermelho. O caminhão traz cimento e soma-se aos sons das marteladas de um prédio em construção. O dia poderia ser qualquer um, não fosse sábado. Lembro desses ecos quando era pequena. Acrescento alguns itens na lista dos afazeres. O relógio da água está disparado. Eu vou pagar a conta? Preciso estacionar tudo isso, começo pelo café.

.26.

Acordo e não encontro o chão que perdi ontem. Resolvo então que vou levitar. Ligo bem alto a rádio interna. O vizinho toca a campainha de casa para reclamar do barulho. Ao abrir a porta, sinto o asfalto da rua. Ando em direção aos sons do sábado. A primeira estação é a padaria. Passagem expressa para um café.

.27.

Acordei, dormi, acordei. Para isso não tem hora nem dia. E nem lugar. O pensamento não é à toa e às vezes não te deixa voar, mas a felicidade existe. Começa pelo meu café.

.28.

Acordo e já sinto quem sou. Olho para os lados, mas entendo aos poucos que é sábado. A casa, num movimento atípico, já havia acordado e os seus já saído com calções de banho por baixo da roupa. Joguei sal pelos ares. Vovô costumava atrair o sol assim. A dama-da-noite, já aquietada, abriga a janela numa cena simples. O lugar-comum tem suas graças. O cheiro do café que não está sendo feito me inebria. Pego a via expressa para a padaria.

.29.

Acordo inebriada ainda com o sentimento do dia anterior. A sexta, a noite, o lance, a música que rolava. Quanta risada regou as tuas lágrimas. Quanto amor tenho por ti e pela tua história. Ainda faltam alguns dias para a adivinhadora acertar. Tem uma paisagem que sempre me lembra New York. Eita, vida boa. Meu café, sem açúcar, com espuma de leite.

.30.

Desperto com o acordeon do meu sonho. O clima ameno envolve a casa. Faço a lista das tarefas: das flores aos desejos. Vou te esperar para irmos juntos à padaria. Mesmo sem pronunciar uma palavra. Cada um com o seu pedaço de jornal. Me delicio com a espuma de leite do café, parece chantilly.

.31.

Acordei com o pensamento “vou mudar de ideia”.
Percebi que as pessoas lá de casa começaram a me olhar
diferente. Pela janela, entrava o cheiro do quintal lavado.
Precisava sair para encontrar pessoas novas. Esbarrei com
as duas vizinhas, que não mudavam de ideia e que me
dirigiam sempre o mesmo olhar. Resolvi voltar e entrar
pela janela. O sábado começou a encontrar as pessoas
que lavam os olhos para acordar.

MAR

.35.

Manjar, lentilha, romã, roupa branca, vela branca,

sete ondas e flores para a rainha!

.36.

Na vida, tudo pode esperar. A hora, assim como os desejos, é elástica. O ar é de calmaria. As possibilidades de passeios estão estampadas nos jornais e nas combinações entre amigos. Sinto o cheiro de chapéu de sol no ar. Me lembro de Santos. Isso me remete a uma vontade constante de praia. Respiro, prendo meu cabelo com elástico e desejo não fazer nada, sinto que com ele posso ir até a ponta da praia.

.37.

Fiquei inebriada durante toda a estadia. O conjunto das sensações vinha do cheiro do porto. Ou começava por aí e se estendia até os jardins, repletos de chapéu de sol. As ondas do mar estouravam compassadamente com as batidas do meu coração. Deitada em seu colo, vi uma outra praia. O cheiro da saudade daquelas épocas passadas misturou-se com o seu. E isso me fez contemporânea.

.38.

Fui acordada pelas malas de viagem que não estavam prontas. As roupas dormem ainda indecisas na cama. Dos outros, não escuto barulho, nem dos sonhos. As janelas pedem para o dia entrar. O caminho do mar sempre foi uma certeza. Sonhava com o barulho das ondas, que me despertava. Mamãe dizia: já vai com o biquíni por baixo.

.39.

Guardei a brisa do mar na garrafinha. Assim, posso me perfumar. Sou sereia amarrada no mastro. As navegações deixaram de ser infantes. Micro conquistas desenham o meu mapa.

.40.

O cheiro de Santos me acompanhou hoje no fim de tarde. Será que passei perto de algum chapéu de sol, queijadinha, do Aquário, dos pastéis, da raspadinha de groselha, do churro com doce de leite, da subida da Ilha Porchat, do MontSerrat, da divisa com São Vicente, da Ponta da Praia? Respirei fundo e virei na curva.

.41.

Com você vou até a Ponta da Praia!

ORAÇÃO

.45.

Chorava sentada na escada, quando todos dormiam. Foi então que aprendi, com seis anos, a rezar com a minha avó. Fui ensinada, sentia aflições. Era a ausência de mamãe que penetrava em meu corpo. Acordava cedo e já na mesa do café sentia o primeiro prenúncio de prazer: o gosto do miolo de pão molhado no café com leite.

Ave Maria!

.46.

Em muitas ocasiões, já ocorreu de eu ouvir o ranger da minha alma. Ouço-o através do meu estômago, do meu coração, dos meus braços. Sei que o som é corpóreo, visceral. E se o vizinho escutar? Digo que estava escrevendo e que volte para a sua cela, digo, casa.

.47.

Maria-Chiquinha, chiniqueiro livre, banana split, ônibus para o centro da cidade, ludo, queijadinha, chup-chup, catecismo. Estrada Velha, Chacrinha, fanfarra, Dona Dirce, Papa, beijo, abraço e aperto de mão. Enrolar brigadeiro, diário, pular corda, nota em caderneta, marcha soldado, pega-vareta, TV Tupi, eu com as quatro e eu sem elas. Geleia de mocotó, Tarcísio Meira e Glória Menezes. Banco Imobiliário, Balança mas não Cai, Três Patetas, amarelinha. Tomei um trem e esbarrei na manivela...

Ave Maria!

.48.

Alguma coisa estava acontecendo. Não tive dúvida. E eu comungaria com aquele momento, naquela circunstância, para sempre. O cheiro de novidade, o azul do céu e o verde das árvores entravam pela janela do carro. O dia transcorria em seu curso ordinário, a senhora atravessava a rua com uma sacola de feira. Ele, ao meu lado, não mais me pertencia. Sabia também que alguma coisa se passava. Não comungávamos mais da novidade eterna. Na travessia, peguei a sacola e larguei os pertences ordinários daquela feira ao céu. A senhora me abençoava. Amém.

.49.

É a notícia que não chega. Não tenho intenção de te esquecer, embora seja isso que eu deva fazer. Minha alma está aflita. Lembro do que vovó Encarnación me disse no dia do meu aniversário de doze anos: “Menina, você precisa ter mais Deus no coração”. Tento escrever para respirar, teclo e deleto como quem amassa papel. Chega. Vou mudar de estação.

.50.

Conectei o pensamento em 110 volts. Deixo a minha aflição dormindo, enquanto passo o café. Rego as plantas de olho nos brotos. Me viro para a parede da esquerda e vejo que preciso colocar as fotos dos amigos novos. Saio simples, para voltar com a missão cumprida e com o pão.

.51.

Entra nesse corpo que te pertence!

.52.

Acordei já quase almoçada pelo sábado. Desço e subo as escadas. Ora fico no sofá, ora na cama. O som dos passarinhos se mistura com o cheiro de churrasco do vizinho. Tomo duas atitudes. A primeira, trocar a roupa de ontem. A segunda, rezar. Sinto uma luz. É o meu encontro entre o aqui e o agora. Que espere o depois.

.53.

Quando passei pela rua ainda vazia, o dia com luz tímida, me senti dentro de um filme. Que vontades são essas? Era como se algo precisasse acontecer. Tivesse eu rezado mais, como vovó dizia, e o roteiro se abriria, as ações esperariam. Não é que fico pensando. Apenas sinto. E vem a vontade de tomar café.

.54.

Quando fiz seis anos, lembro que mamãe foi à Rua José Paulino e comprou dois terninhos jeans. Um para mim e outro para meu irmão. Essa foi a roupa que usamos no dia da festinha. Aliás, eu e o Junior tínhamos também em comum o mesmo corte joãozinho e a mesma sunga de praia. Até hoje guardo em minhas memórias a fotografia desse dia. Eu assoprando a velinha, meu irmão num plano mais abaixo; eu estava na cadeira com meus avós ao lado. Um bolo que parecia ser de abacaxi com coco e a mesa enfeitada de brigadeiros, gelatininhas e mini guaranás enfeitados com roupinha de papelão da Branca de Neve e os Sete Anões. Ah, e muita bexiga branca. Foi uma data tão querida!

.55.

Os mortos que povoaram meus sonhos na noite passada acordaram junto comigo. Lembrei-me de minha mãe. Ela sempre me dizia que, quando isso acontecesse, eu fosse à igreja e mandasse rezar uma missa. Com uma parte das pessoas isso funcionaria. Mas o que fazer com os fantasmas vivos? Peguei minha xícara de café e tomei-o como um líquido sagrado. Comecei a acordar.

.56.

Algumas pessoas dizem não logo de cara. Até para escrever começam com não. Uma professora do ginásio nos recomendou nunca começar uma frase na negativa. Eu concordo com ela. Como diz Caetano, coragem grande é poder dizer sim. Adoro o sim do dia!

.57.

Pai, aproxima de mim esse cálice!

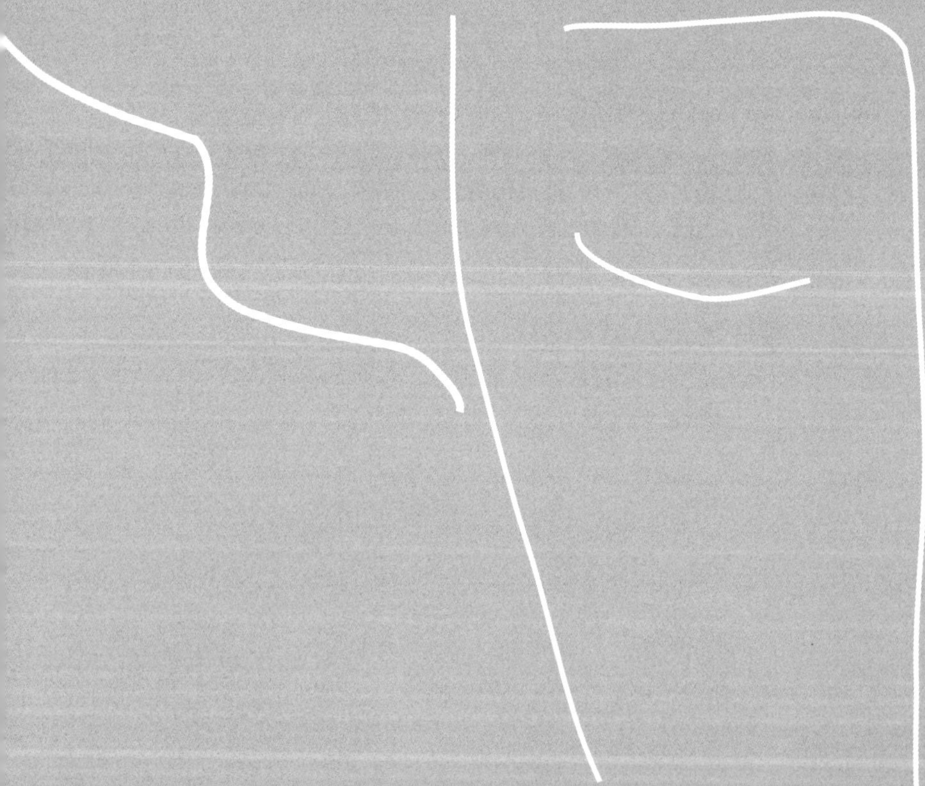

MULHER

Esse era o lago onde eu habitava. Nessa época, eu podia voar. Tinha medo de guarda-chuva e nem sabia quem era Papai Noel. Eu era princesa de um castelo de caixa de fósforos.

.62.

Às vezes, me pego com preocupações fúteis no domingo à noite como, por exemplo, a unha da mão, que está descascada. Como começarei a semana neste estado? O cachorro se mistura com os jornais, tratados de classificados neste dia. Restos de programação são zapeados pelos que ainda se ligam na TV. Olho pela janela e vejo a luz fria da sala da casa da vizinha. Ninguém na rua, exceto o guarda noturno, encolhido em algum canto. Respiro fundo e ligo o abajur para ler as páginas dos cadernos culturais. Faço um pratinho do que sobrou do dia. Troco o canal do meu estado de espírito. Encontro a acetona e agradeço imensamente esse caos.

.63.

Me vesti de sábado para sair. Espero nada. Aliás, não quero efeitos colaterais de domingo. Passei meu perfume francês, mas acho que nem seria necessário. A noite tem seus cheiros próprios: de lua, de amores-perfeitos e imperfeitos, de outono. O vento frio, porém suave, harmoniza o enredo. E o melhor: não desalinha meus cabelos até o momento da chegada em algum lugar.

.64.

A luz deixou o outono estampado na casa. Os lábios estão iluminados, não chegam a ficar oferecidos. A feminilidade se mostra no armário. Nada transborda. O movimento é tranquilo. Penso na tatuagem que poderia realçar o meu corpo, mas essa vontade não sai da gaveta.

.65.

Naquele dia, não tinha pó de café. Ela ficou aflita. Nem tinha hora para isso. Entrou para o banho à lá Edith Piaf. Os da casa reclamaram do barulho. Ela só escutava a si e à água do chuveiro. Banho bom com cara de lavagem de escadaria santa. Short, Hering e Havaiana. Saiu em busca do que faltava.

.66.

Vou te contar, viu? Você coloca a calça preta de veludo para disfarçar o peso, e o zíper não fecha. Aí você pensa: tudo bem, vou de meia-calça e vestido. É até mais elegante. Então a última das meias-calças desfia quando você a coloca. Tapinha na bochecha, sorriso no rosto e pernas para que te quero.

.67.

O tom de voz muda tudo. Tivesse sido dito em tom normal, eu teria ligado o botão automático e feito o café. Se suave, eu teria prestado atenção em sua beleza escondida. Saio de casa com o gosto das coisas que não fiz. Entro no escritório e não falo nada. Alguém diz que estou bonita. Suavemente aperto o botão da máquina e aguardo o café passar.

.68.

Eu tenho tanto para fazer, mas nem tanto para dizer. O domingo encosta em minha alma. Disfarço todas as sensações que deixam um fio de vazio. Começo pelo café. Abro os jornais. Passo pelo romance. Desemboco no Parque. Fotografo cenas ordinárias para o meu museu. Limonada suíça. Ducha. Eu vou. Digo sim. Os afazeres se acotovelam. Resolvo com várias embaixadinhas. De leve penso: que filme vou ver à noite?

A neblina amanheceu o morro da Praça Cornélia. O chapéu de sol da rua de trás gesta a primavera. A dama dá seus últimos sinais da noite. O copo-de-leite se oferece aos amores-perfeitos e imperfeitos.

.70.

Logo cedo, mamãe fazia Maria-Chiquinha em mim, e eu ficava com cara de japonesa de tanto que ela esticava o cabelo. Vestia roupa branca de educação física e enrolava fita verde e amarela no pulso. O desfile acontecia na Avenida Paes de Barros. Um ano, fui até baliza. Mamãe, gentil e contente, me acompanhava pelo trajeto inteiro. Eu não entendia direito o que era liberdade, e sentia um temor servil.

.71.

Às vezes, sou novidade. Não sou inédita.

Lágrima que vira água na urbe desértica.

Choro de rir nas vias paralelas.

Minhas múltiplas cidades, personalidades.

Desejo infinito.

.72.

Sou eu que faço os meus castelos. Hoje acordei num branco incrível. Ao abrir os olhos, ainda na horizontal, um ângulo perfeito tomou conta da minha visão. Tudo é branco no meu templo de dormir. A janela entreaberta traz o cheirinho de uma Grécia que não conheço.

.73.

O dia amanhece com o pisca-pisca aceso e a árvore com os presentes incompletos. O cachorro parece um tapete. Me encontro com dois olhos jabuticabas quase sonâmbulos na porta da cozinha. O Roberto Carlos está a mil na vizinha. Atravesso a rua, descalça mesmo, para comprar pó de café na vendinha da frente. O lixeiro me pede uma caixinha e um copo d' água. A água já está fervendo. E eu não encontro os óculos para enxergar direito tudo isso.

.74.

Acordei já na arrumação. Lavei até os potes de colocar arroz, feijão e açúcar. Tomei banho, perfumei a mim e a casa. Agora, procuro uma foto sua nas gavetas para colocar no meu relicário.

.75.

Eu não sou uma grande mulher. Essa sensação me traz calmaria. Posso me assustar com um inseto e desejar alguém para me salvar. Nesse caso, não precisa ser nem um príncipe encantado.

.76.

Já beijei sapo que não virou príncipe. Limpei a casa e não ganhei ingresso para o baile. Me envenenei com a maçã, tive que ir ao médico. Mas não, não deixo de ser dama.

.77.

Perguntou:

— Por que ele escolheu a ela e não a mim?

— Por conta dos seus excessos — respondeu.

.78.

Madalena acordou com um gosto de vazio. Tanto fez durante o dia e ainda reservou a noite para carinhos prosaicos e loucuras. Estava para o que desse e viesse. Lá pelas tantas, recebeu um telefonema: "Posso ir, Madalena?" Cheia de desejos e saudades, respondeu: "Não".

.79.

Você está bem na foto e não acredita. A vizinha faz pose toda hora e acredita. Saio pela janela da casa, e o cachorro sai pela porta. Procuro um ponto equidistante entre a minha aflição e a fé na vida. Mundo vasto mundo... E eu província. Que horas são?

.80.

Vou te engarrafar. Assim que chegar a primavera, abrirei a tampa para que possas florir.

.81.

Adentramos na fronteira dos desavisados. Eu estava despudoradamente feliz. Na pré-fase deste estado, sentia que poderia não acabar bem. Acontece que não se tratava de uma escolha. Acredito na organicidade do universo, que tudo toma forma naturalmente... Mas aquilo era paixão.

.82.

Adoraria que me presenteassem com qualquer coisa.

Um verso do Gotas de Pinho Alabarda. Uma surpresa

de Kinder Ovo. Meu bem, pintei as unhas com Luxúria.

Combina com o que pretendo para hoje. Te espero.

Já abri o vinho.

.83.

Eu sei como voltar. Os cheiros e as cores da minha memória desenham os trajetos dessa volta. Abro a porta e eu, outra pessoa, entro no lugar-comum.

.84.

Uso pérolas na orelha para te escutar!

.85.

Guardei as fragrâncias do começo da noite de outono num

frasquinho para usar quando te encontrar.

.86.

Minha lâmpada é de 100 Watts, não é de gênio.

Minha vassoura é de piaçava, não é de bruxa.

Meu tapete é Tabacow, não é voador.

Meu GPS é a boca, não o aparelho.

Minhas palavras são ordinárias, não são de poeta.

Minha vontade excede, se oferece, não cede.

.87.

Acordo e logo me lembro do que, graças a Deus. não poderia esquecer: comprar o fio do carregador do celular da minha filha. Parece que esse conector está em falta há anos. No caminho entre a lembrança e o sair, coloco as roupas na máquina de lavar. O cachorro me olha com cara de quem quer passear. A casa ainda dorme. Saio, agitada, centrifugando os pensamentos. Penso no cachorro e mudo o destino: vou passear. As roupas mal começam a acordar. Logo, ninguém se lembrará de nada. Um fio de cheiro de café faz a conexão entre as pessoas e as roupas.

EXPIRAR

INSPIRAR

.91.

Os pensamentos me sugavam no mesmo ritmo da batida do meu coração. Tratava-se de um enfarte da cabeça. E agora, para qual doutor eu pediria ajuda? As respirações esparsas me salvavam do afogamento enquanto não chegava ajuda. Sei lá, um vizinho, um taxista, uma curandeira. Aquilo precisava passar. Nem que fosse para eu me fantasiar e sair na avenida.

.92.

Acho que se trata da combinação que fazemos, tal qual as notas que se transformam em infinitas músicas. Tomo uma taça de champanhe enquanto leio o último número da Revista Granta. Sensação de alívio neste traslado para a noite.

.93.

Ponto de partida, ponto de chegada, ponto cruz, ponto de bala, ponto de ônibus, marcar o ponto, ponto espírita, ponto de luz, ponto de encontro... Todos pontos de mutação.

.94.

Entre a respiração e o pensamento, meu corpo é impulsionado para algum tipo de firmeza. Positividade. Crença, talvez. Neste momento, deixo de ser raio e trovão, mas tampouco viro brisa. Saio para a vida com passos sinceros, aqueles mesmos que fazem com que dê pé.

.95.

Às vezes, o fim de tarde me pega de surpresa, e uma espécie de vazio toma conta da minha alma. Noutras, neste mesmo horário, o ar frio se transforma em brisa, e o barulho do vento soa como valsa aos meus ouvidos.

Os sentidos estão no ar.

.96.

Cabulei as cinzas desta quarta-feira. Tomei banho em águas frias, passei óleo de amêndoas sem enxágue. Sorte que bate um ventinho de quando em quando, o que me permite ordenar as palavras.

.97.

Chegar é sempre muito bom. O cheiro da casa, os objetos, a cama com os lençóis brancos. As crias. Chegar depois de voltar de algum lugar que foi bem chegado,

é melhor ainda.

Outras publicações de Rosana Miziara:

Nos rastros dos restos: a história do lixo em São Paulo.
(EDUC São Paulo, 1998).